四庫全書宋詞別集叢刊

廿一

龍洲詞

劉過

竹屋痴語

高觀國

四庫全書

宋詞別集

叢刊 廿一

商務印書館

龍洲詞

劉過

欽定四庫全書　　集部十

龍洲詞　　詞曲類　詞集之屬

提要

臣等謹案龍洲詞一卷宋劉過撰過有龍洲集别著録陳振孫書録解題載劉改之詞一卷此本為毛晉所刊題曰龍洲詞從全集之名也黄昇花庵詞選謂改之乃稼軒之客詞多壯語蓋學稼軒然過詞凡贈辛棄疾者則

學其體如古豈無人可以似吾稼軒者誰等
調是也其餘雖跌宕淋漓實未嘗全作辛體
陶九成輟耕録又謂改之造詞贍逸有思致
沁園春二首尤纖麗可愛今觀集中詠美人
指甲美人足二闋刻畫猥褻頗乖大雅九成
乃獨加推許亦未為賞音渚山堂詩話云改
之沁園春緑鬢朱顏一闋係代壽韓平原然
在當時不知竟代誰作今亦無從詳考觀集

中賀新郎第五首注曰平原納寵姬奏方響
席上賦則改之且身預南園之宴不止代人
祝蝦矣蓋縱横游士志在功名固不能規言
而矩行亦不必曲為之諱也又沁園春第七
首注曰寄辛承旨時承旨招不赴又注或作
風雪中欲詣稼軒久寓湖上未能一往賦此
以解其事甚明中吳紀聞亦稱稼軒帥越聞
其名遣价招之不及行因仿辛體作沁園春

一詞以寄至樂府紀聞則又謂幼安守京口日改之即敝衣曳履承命賦詩是兩人定交在幼安未帥越之前而山房隨筆載此詞乃稱稼軒帥越東時改之欲見辛不納藉晦庵南軒二人為之地始得進見云云小說流傳事多失實証以本集亦可以訂其誣也乾隆四十九年十一月恭校上

總纂官臣紀昀臣陸錫熊臣孫士毅

總校官臣陸費墀

欽定四庫全書

龍洲詞
提要

欽定四庫全書

龍洲詞

宋 劉過 撰

六州歌頭 弔武穆鄂王忠烈廟

中興諸將誰是萬人英身草莽人雖死氣塡膺尚如生年少起河北劒三尺弓兩石定襄漢開虢洛洗洞庭北望帝京大息淮陰語我固當烹過舊時營壘荊鄂有遺民憶故將軍淚如傾 説當年事知恨苦不奉詔僞耶

真臣有罪陛下聖可鑒臨一片心萬古分茅土終不到
舊姦臣人世猶白日照忽開明冢佩冕圭百拜九原下
榮感君恩看年年三月滿地野花春鹵薄迎神

又 淮西帥李訦和仍為書廟額

高皇神武善駕馭豪英攘大敵驅羣盜命天膺救蒼生
奈夢繞沙漠隔温清屈和好召大將歸兵柄列桓庭公
指汴京威已振河洛不顧身烹失一時幾會嗟燕趙遺
民痛岳家軍孰扶傾 久沉冤憤七十載還復遇帝王

真表遺烈錫王號曰照臨激士心始識安劉計寧禍已是忠臣我來傳訪壁壘想精明英氣凜然若在仍題扁昭揭天恩笑原頭荒草一死不能春交怨人神

又

鎮長淮一都會古揚州升平日朱簾十里春風小紅樓誰知艱難去邊塵暗鐵馬攖笙歌散衣冠渡使人愁屈指細思血戰成何事萬戶封侯但瓊花無恙開落幾經秋故壘荒丘倡舍羞　悵望金陵宅丹陽郡山不斷綢

繆興亡夢榮枯淚水東流甚時休野竈炊煙裏依然是宿貔貅嘆燈火今蕭索尚淹留莫上醉翁亭看濛濛雨楊柳絲柔笑書生無用富貴拙身謀騎鶴來遊

沁園春 代壽韓平原

玉帶金魚綠鬢朱顏神仙画圖把擎天柱石空留綠野濟川舟楫閒倚西湖天欲安劉公歸重趙許大元勛誰得如平章者直人如伊呂世似唐虞 不許別樣規模但収攬人才多用儒況自昔軍中威能服楚而今胸次

氣欲吞吳紫府真人黑頭元宰收斂神功寂似無歸來好正芝香棗熟鶴瘦松癯

又 張路分秋閱作

萬馬不嘶一聲寒角令行柳營見秋原如掌鎗刀突出星馳鐵騎陣勢縱橫人在油幢我韜總制羽扇從容裘帶輕君知否是山西將種曾繫詩名 龍蛇紙上飛騰看落筆四簷風雨驚便壓沙出塞封侯萬里印金如斗未愜平生拂試腰間吹毛劒在不斬樓蘭心不平歸來

晚聽隨車鼓吹也帶邊聲

又 送辛幼安弟赴桂林官

天下稼軒文章有弟闕看來暹正三齊盜起兩河民散勢傾上國泛泛如盃猛士雲飛妖氛灰滅幾會之來人共知何為者望桂林西去一騎星馳　離筵不用多悲喚紅袖佳人分藕絲種黄柑千户梅花萬里等閒遊戲畢竟男兒入幕來南籌邊如北翻覆手高來去㨿公餘且盡玉簪朱履倩米元暉

又 寄辛稼軒

古豈無人可以侣吾稼軒者誰擁七州都督雖然陶侃機明神鑒未必能詩常衮何如公羊聊爾千騎東方候會稽中原事縂匈奴未滅畢竟男兒 平生出處天知算整頓乾坤終有時問湖南賓客侵尋去矣江西户口流落何之盡日樓臺四遶屏障目斷江山魂欲飛長安道笑世無劉表王粲疇依

又 寄孫竹湖

問訊竹湖竹如之何如何未歸道吳山越水無非佳處來無定止去亦何之只怕秋來未能忘耳心與輕雲一樣飛愁無奈但北窗寄傲南澗題詩　人生萬事成癡算世上久無公是非恨雲臺突兀無君子者雪堂流落有美人兮疎雨梧桐微雲河漢鐘鼎山林無限悲陽山縣時昌黎悞汝汝悞昌黎

又　盧菊澗座上時座中有新第宗室

一劒横空飛過洞庭又為此來有汝陽璡者唱名殿陛

玉川公子開宴罇罍四舉無成十年不調大宋神仙劉秀才如何好將百千萬事付兩三盃　未嘗戚戚於懷嘆自古英雄安在哉看錢塘江上潮生潮落姑蘇城裏花謝花開道號書生强名舉子漸老雪從頭上催誰羨汝擁三千珠履十二金釵

又　寄辛承旨時承旨招不赴　注或作風雪中欲詣稼軒久寓湖上未能一往賦此以解

斗酒彘肩風雨渡江豈不快哉被香山居士約林和靖與坡仙老駕勒吾回坡謂西湖正如西子濃抹淡粧臨

照臺二公者皆掉頭不顧只管傳盃　白云天竺去來圖畫裏崢嶸樓閣開愛縱橫二澗東西水遶兩岸南北高下雲堆逋曰不然暗香浮動不若孤山先訪梅須晴去訪稼軒未晚且此徘徊

又　送人赴營道宰

萬里湖南江山歷歷此吾舊遊看飛凫仙子張帆直上周郎赤壁鸚鵡滄洲盡吸西江醉中横笛人在岳陽樓上頭波瀾静泛洞庭青草東整蘭舟　長沙會府風流

有萬戶娉婷簾玉鈎恨楚城春晚岸花檣燕還將客送不是人留且喚陽城更招元結摩撫三闕歌咏休心期處笑世間真有騎鶴揚州

又 贈豐城王禹錫

自注銅瓶作梅花供尊前數枝説邊頭舊事人生消得幾番行役問我何之小隊紅旗黃金作印直待封侯知幾時盃行處想淋漓一醉明日東西 如椽健筆鸞飛重為寫春風陌上詞便平生豪氣消磨酒裏世間此樂

兒輩爭知霜冷貂裘夜寒如水飲到月斜猶未歸仙山路有笙簧度曲聲到琴絲

又 遊湖

柳思花情湖山應怪先生又來想舊時談舌依然解便六丁奔走驅斥風雷翠袖傳觴金貂換酒痛飲何妨三百盃人間世算謫仙去後誰是天才　碧窗畫鼓船齋胸次與乾坤一樣開試雲間招手下呼餘子逡巡去矣但覺塵埃若是花時無風無雨一日須來一日回教人

道闕玉山自倒不用人推

又 蘇州黄尚書同夫人春聚遊報恩寺

綏鑾徐驅兒童聚觀神仙畫圖放芹泥雨過芹香路軟金蓮自策小小藍輿傍柳題詩穿花勸酒齅蕋攀條得自如山行處有松篁夾道不用傳呼　清泉石上盤紆筭風景江淮各異殊記東坡賦好紗籠舊壁西山句妙簾捲晴虛白玉堂深黄金印大無此文君載後車盃行處相淋漓醉墨真草行書

又 美人指甲

銷薄春氷碾輕寒玉漸長漸彎見鳳鞵泥汚偎人强剔龍涎香斷撥火輕翻學撫瑶琴時時欲剪掬水魚鱗波底寒纖柔處試摘花香滿鏤棗成斑 時將粉淚偷彈記綰玉曾教柳傳看筭恩情相著搯便玉體歸期暗數畫遍闌干每到相思沉吟靜處斜倚朱唇皓齒間風流甚把仙郎暗搯莫放春閒

又 美人足

洛浦淩波為誰微步輕塵暗生記踏花芳徑亂紅不損步苔幽砌嫩綠無痕襯玉羅慳銷金樣窄載不起盈盈一段春嬉遊倦笑教人款撚微褪些根　有時自度歌聲悄不覺微尖點拍頻憶金蓮移換文鴛得侶繡茵催衮舞鳳輕分慎恨深遮牽情半露出没風前煙縷裙知何似似一鈎新月淺碧籠雲

八聲甘州　送湖北招撫吳獵

問紫嵓去後漢公卿不知幾貂蟬誰能借留侯筯著祖

生鞭依舊塵沙萬里河洛染腥羶誰識道山客衣鉢曾
傳 共記玉堂對策欲先明大義次第籌邊況重湖八
桂袖手已多年望中原馳驅去也擁十州牙纛正翩翩
春風早看東南王氣飛繞星躔

四犯剪梅花 上建康錢太卿壽

水殿風涼賜環歸正是夢熊華旦 解連環 疊雪羅輕稱
雲章題扇 醉蓬萊 西清侍宴望黃傘日華龍輦 雪獅兒
金劵三王玉堂四時帝恩偏眷 醉蓬萊 臨安記龍飛

鳳舞信神明有後竹梧陰滿解連環笑折花看橐荷香紅潤醉蓬萊功名歲晚帶河與礪山長遠雪獅兒麟脯杯行猿薦坐穩内家宣勸醉蓬萊

小桃紅在襄州作譜注詠美人畫扇

曉一作晚非入紗窗靜戲弄菱花鏡翠袖輕勻玉纖彈去小妝紅粉畫行人愁外兩青山與尊前離恨　宿酒醺難醒笑記香肩並暖借蓮腮碧雲微透暈眉斜印最多情生怕外人猜拭香津微揾

天仙子 初赴省别妾于三十里頭　䟽作水仙子誤

别酒醺醺渾易醉回過頭來三十里馬兒不住去如飛牽一𢙣坐一𢙣斷送殺人山與水　是則是青山終可喜不道恩情拚得未雪迷村店酒旗斜去則是住則是煩惱自家煩惱你

竹香子 同郭季端訪舊不遇有作

一項窗兒明快料想那人不在熏籠脱下舊衣裳件件香難賽　匆匆去得忒𫊸這鏡兒也不曾蓋千朝百日

不曾來沒這些兒箇采

賀新郎

彈鋏西來路記匆匆經行數日幾番風雨夢裏尋秋秋不見秋在平蕪遠渚想雁信家山何處萬里西風吹客鬢把菱花自笑人顦顇留不住少年去　男兒事業無憑據記當年擊筑悲歌酒酣箕踞腰下光芒三尺劒時解挑燈夜語更忍對燈花彈淚喚起杜陵風雨手寫江東渭北相思句歌此恨慰覊旅

又 贈鄉人朱唐卿

多病劉郎瘦最傷心天寒歲晚客他鄉久大舸翩翩何許至元是高陽舊友便一笑相歡攜手與問武昌城下月又何如揚子江頭柳追往事兩眉皺 燭花自剪明如晝喚青娥小紅樓上殷勤勸酒昵昵琵琶恩怨語春筍輕籠翠袖看舞徹金釵微溜若見故鄉吾丈老道長安市上強如舊重會面幾時又

又 贈張彥功

曉印霜花步夢半醒扶上雕鞍馬嘶人去嵐濕青絲雙
彎冷嘆控野梅江路聽畫角吹殘更鼓悲壯寒聲撩客
恨甚貂裘重擁愁無數霜月白照離緒　青樓回首家
何處早山遙水闊天低斷腸煙樹誰念天涯牢落况輕
負煗煙濃雨記酒醒香銷時語客裏歸鞴須早發怕天
寒風急相思苦應看我翠眉聚

又　遊西湖

睡覺啼鶯曉醉西湖兩峯日日買花簪帽去盡酒徒無

人問唯有玉山自倒任拍手兒童爭笑一舸棄風翩然去避魚龍不見波聲悄歌韻遠喚蘇小　神仙路遠蓬萊島紫雲深參差禁時刻訣禁字非樹有煙花遶人世紅塵西障日百計不如歸時刻多去字非好付樂事與他年少費盡柳金梨雪句問沉香亭北何時召心未愜鬢先老

又　平原納寵姬奏方響席上賦

倦舞輪袍後厭秦箏鵾鸞未嫁怨新懷舊別有豔妝豪勢樂春筍微揎翠袖試一曲琅璈初奏莫放珠簾容易

捲怕人知世有梨園手雙臂冷釧金瘦　燭花對剪明於畫正畫堂深曲屏山灰紅圍獸闕　依舊皺闕

鷽囀柳聽箭落銅壺銀漏一片雄心天外去爲聲清響徹雲霄透人醉也尚呼酒

又

院宇重重掩醉沉沉亭陰轉午綉簾高捲金鴨香濃噴寶篆驚起雕梁語燕正架上酴醾開徧嫩蕚梢頭舒素臉佀月娥初試宮妝淺風力嫩異香軟　佳人無意拈

針線遶朱闌六曲徘徊為他留戀試把芳心輕輕數暗計歸期近遠奈數了依然重怨把酒問春春不管枉教人只恁空腸斷腸斷處怎消遣

又 自跋云去年秋余試牒四明賦贈老娼至今天下與禁中皆歌之江西人來以為鄧南秀詞非也

老去相如倦向文君說似而今怎生消遣衣袂京塵曾染處空有香紅尚軟料彼此魂銷腸斷一枕新涼眠客舍聽梧桐疎雨秋風顫燈暈冷記初見樓低不放珠

簾捲晚妝殘翠蛾狼籍淚痕流臉人道愁來須殢酒無奈愁深酒淺但託意焦琴紈扇莫鼓琵琶江上曲怕荻花楓葉俱淒怨雲萬疊寸心遠

水龍吟

謫仙狂客何如看來畢竟歸田好玉堂無此三山海上虛無縹緲讀罷離騷案香猶在覺人間小任菜花葵麥劉郎去後桃開處皆多少　一夜雪迷蘭棹傍寒溪欲尋安道而今縱有劉郎氷柱有知音否想見鸞飛如椽

健筆槭書親草算平生白傅風流未肯問香山老

念奴嬌 同侍郎李大異

知音者少筭乾坤許大著身無處直待功成方始退何日可尋歸路多景樓前垂虹亭下一枕眠秋雨虚名相悞十年枉費辛苦 不是奏賦明光獻書北闕無驚人之語我自匆忙天未肯赢得衣裾塵土白壁堆前黄金酹笑付與君為主蓴鱸江上浩然明日歸去

滿江紅 同襄陽帥泛湖

獵獵風蒲画船轉碧波灣浦都不是柳汀桃岸橘洲梅渚指點山公騎馬地經由羊祜登山處悄一如人在水晶宫消袢暑　薰風動簾帷舉秦箏奏凌波舞捹氷壺沉醉晚涼歸去侵岸一篙楊柳浪過雲幾點荷花雨倚樓人十里凭欄杆神仙侶

又　高帥馮太尉席上

敵面輕風一兩點海棠微雨春總在英雄元帥曉來遊處樓閣萬家簾幙卷江郊十里旌旗駐有黄鸝百舌囀

新聲巫楊舞　寒食近笙簫鼓車馬鬧銅鞮路捹尊前
一醉與花為主風韵可將圖障畫笑談盡是文章路問
何何郗湛赴江頭陪羊祜

水調歌頭　晚春一作春半

春事能幾許窓葉著青梅日高花囨海棠風急想都開
不惜春衣典盡只怕春光歸去片片點蒼苔能得幾時
好追賞莫徘徊　雨飄紅風換翠苦相催人生行樂且
須痛飲莫辭盃坐則高談風月醉則恣眠芳草醒後亦

佳哉湖上新亭好何事不曾來

又

刀劒出榆塞鉛槧上蓬山得之渾不費力失亦匹如閑未必古人皆是未必今人俱錯世事沐猴冠老子不分別內外與中間　酒須飲詩可作鋏休彈人生行樂何事催彼鬢毛斑達則牙旗金甲窮則蹇驢破帽莫作兩般看世事只如此自有識雕鸞

祝英臺近　同妓遊帥司東園

窄輕衫聯寶轡花裏控金勒有底風光都在畫欄側日遲春暖融融杏紅深處為花醉一鞭春色　對嬌質為我歌捧瑶觴歡聲動阡陌䦨似多情飛上鬢雲碧晚來約住青驄踏花歸去亂紅碎一庭風月

又

笑天涯還倦客欲起病無力風雨春歸一日近一日看人結束征衫前呵騎馬腰劒上隴西平策　鬢粉白只可歸去家山無田種瓜得空抱遺書觸顡小樓側杜鵑

不管人愁月明枝上直啼到枕邊相覓

轆轤金井 席上贈馬僉判舞姬

翠眉重拂後房深自喚小鬟嬌小繡帶羅垂報濃妝纔了堂虛夜悄但夜約鼓簫聲鬧一曲梅花樽前舞徹梨園新調　高陽醉山未倒看鞵飛鳳翼釵褪微溜秋滿東湖更西風涼早桃源路杳記流水泛舟曾到桂子香濃梧桐影轉月寒天曉

糖多令 安園樓小集侑觴歌板之姬黃其姓者乞詞于龍洲道人為賦此糖多令同柳阜之

劉去非石民瞻周嘉仲陳孟參孟容時八月五日也 譜注重過武昌 糖一作唐

蘆葉滿汀洲寒沙帶淺流二十年重過南樓柳下繫船猶未穩能幾日又中秋　黄鶴斷磯頭故人曾到不舊江山渾是新愁欲買桂花同載酒終不似少年遊

臨江仙 四景

半雨半晴模樣乍寒乍熱天時榴花香逐濕風飛綠雲翻碧浪水急轉前溪　誰知清涼意思珊瑚枕冷先知秋光預若借些兒騰催金粟鬧素魄好揚輝

蝶戀花 贈張守寵姬

簾幙聞聲歌已妙一曲尊前真個梅花早眉黛兩山誰為埽風流京兆江南少 醉得白鬚人自老闕 侯鯖櫓也曾年少後夜短蓬霜月曉夢魂依約雲山遶

謁金門 京口賦與歌者倩尊

歸不去船泊早春梅渚試聽玉人歌白学行雲無覓處剪燭寫詩無語漠漠寒生窗戶明日短篷眠夜雨實釵空半股

又 秋興

秋無惡愁怯羅衾風弱雨線垂垂晴又落輕煙籠翠箔
休道旅人蕭索生怕香濃灰薄桂子莫愁孤酒約詩
情元落魄

鷓鴣天

樓外雲山千萬里畫眉人隔小簾櫳風垂舞柳春猶淺
雪點酥胸煖未融　攜手處又相逢夜闌心事與郎同
一盃自勸羔兒酒十幅銷金煖帳籠

柳梢青 送梅坡

泛菊盃深吹梅角遠同在京城聚散匆匆雲邊孤雁水上浮萍　教人怎不傷情屈指人心幾人後夜相思塵隨馬足自逐舟行

好事近 詠茶筅

誰斫碧琅玕影感半亭風月尚有歲寒心在留數根華髮　龍孫戲弄碧波濤隨手清風發褭到浪花深處闕一甌香雪

清平樂 贈妓

忔憎憎地一捻兒年紀待道瘦來肥不是宜著淡黃衫子脣邊一點櫻多見人頻斂雙蛾我自金陵懷古唱時休唱西河

醉太平 閨情 時刻誤潛夫

情高意真眉長鬢青小樓明月調箏寫春風數聲思君憶君魂牽夢縈翠綃香煖雲屏更那堪酒醒

西江月 賀詞或刻辛稼軒

堂上謀臣樽俎邊頭將士干戈天時地利與人和燕可伐與曰可　今日樓臺鼎鼐明年帶礪山河大家齊唱大風歌同日四方來賀

龍洲詞

竹屋痴語

高觀國

欽定四庫全書　　集部十

竹屋癡語　　詞曲類　詞集之屬

提要

臣等謹案竹屋癡語一卷宋高觀國撰觀國字賓王山陰人案陳振孫書録解題載竹屋詞一卷高觀國撰云不詳觀國為何人葢偶未考振孫又云高郵陳造并史達祖二家為之序此本為毛晉所刊末有晉䟦僅録造序

中所稱竹屋梅溪語皆不經人道其妙處少游美成不及數語而不載全文然考造有江湖長翁集傳世亦不載是序或當時削其稿歟詞自鄱陽姜夔句琢字鍊始歸醇雅而達祖觀國為之羽翼故張炎謂數家格調不凡句法挺異俱能特立清新之意刪削靡曼之詞乃草堂詩餘於白石梅溪則概未寓目竹屋詞亦止選其玉蝴蝶一闋蓋是時方尚甜

熟與風尚相左故也觀國與達祖疊相酬唱旗鼓俱足相當惟梅溪詞中尚有賀新郎一闋注云湖上與高賓王同賦今集中未見此調殆佚之歟乾隆四十九年四月恭校上

總纂官臣紀昀臣陸錫熊臣孫士毅

總校官臣陸費墀

欽定四庫全書

竹屋癡語
提要

二

欽定四庫全書

竹屋癡語

宋 高觀國 撰

齊天樂

碧雲闕處無多雨愁與去帆俱遠倒葦沙閑枯蘭砌冷寥落寒江秋晚樓陰縱覽正魂怯清吟病多依黯怕揖西風袖羅香自去年減 風流江左久客舊遊得意處朱簾曾捲載酒春情吹簫夜約猶憶玉嬌香臉塵樓故

苑嘆壁月空簷夢雲飛觀送絶征鴻楚峰煙數點

又 菊

蕞幽一笑東籬曉霜華又隨香冷暈色黃嬌低枝翠婉來趁登高佳景誰偏管領是彭澤歸來未荒三徑最愜清觴道家標致自風韻　南山依舊翠倚採花無限思西風吹醒萬蕊金寒三秋夢好曾記餐英清詠闌斑淚沁怕節去蜂愁雨荒煙暝明日重陽為誰簪短鬢

又 中秋夜懷梅溪

晚雲知有關山念澄霄捲開清霽素景分中冰盤正溢何啻嬋娟千里危欄靜倚正玉瓮吹涼翠觴留醉記約清吟錦袍初喚醉魂起　孤光天地對影浩歌誰與舞淒涼風味古驛煙寒幽垣夢冷應念秦樓十二歸心對此想斗插天南雁橫遼水試問姮娥有愁能為寄（時刻或于）

（影字下分段非）

玉樓春擬宮詞

幾雙海燕來金屋香滿離宮三十六春風剪草碧纖纖

春雨浥花紅撲撲　衛姬鄭女腰如束齊唱陽春新製曲曲終移宴起笙簫花下晚寒生翠縠

又 海棠題寅
　 生挂軸

胭脂染出春風錦生怕黃昏人有恨雨難揩淚玉環嬌煙不遮愁紅袖冷　醉魂吹斷香魂靜拂拂翠眉羞帶粉最憐新燕識風流只為春寒消瘦損

又 春
　 思

多時不踏章臺路依舊東風芳草渡鶯聲喚起水邊情

日影炙開花上霧　謝娘不信佳期誤認得馬嘶迎繡戶今宵翠被不春寒只恐香穠春又去

又　憶舊

春煙澹澹生春水曾記芳洲蘭棹艤岸花香到舞衣邊汀草色分歌扇底　棹沉雲去情千里愁壓雙鴛飛不起十年心怕説濺裙當日事

玉蝴蝶　秋思　時刻不載

喚起一襟涼思未成晚雨先做秋陰楚客悲殘誰解此

意登臨古臺荒斷霞斜照新夢黯微月疎砧總難禁盡將
幽恨分付孤斟 從今倦看青鏡旣遲勛業可負煙林
斷梗無憑歲華搖落又驚心想蓴汀水雲愁凝閒蕙帳
猿鶴悲吟信沉沉故園歸計休更侵尋

臨江仙 東越道中

俱是洛陽年少客才華逈出天真青衫慣拂軟紅塵酒
狂因月舞詩俊為梅新 寄語長安風月道鶯花緩作
青春披風沐露閱前津客中春不當歸去倍還人

又

風月生来人世夢魂飛墮仙津青春日醉芳塵一鞭花陌曉雙槳柳橋春　前度詩留醉袖昨宵香浥羅巾小姬飛燕是前身歌隨流水咽眉學遠山顰

金人捧露盤 水仙花

夢湘雲吟湘月弔湘靈有誰見羅襪塵生凌波步弱背人羞整六銖輕娉娉裊裊暈嬌黄土色輕明　香心靜波心冷琴心怨客心驚怕珮解却返瑶京盃擎清露醉

春蘭友與梅兄蒼煙萬頃斷腸是雪冷江清

又 梅花

念瑶姬翻瑶珮下瑶池冷香夢吹上南枝羅浮夢香憶曾清曉見仙姿天寒翠袖可憐是倚竹依依　溪痕淺雪痕淺雪痕凍月痕淡粉痕微江樓怨一笛休吹芳信待寄玉堂煙驛雨淒遲新愁萬斛為春瘦却怕春知

又

楚宫閒金屋玉為欄斷雲夢容易驚殘驪歌幾疊至

今愁思怯陽關清音恨阻抱哀箏知為誰彈　年華晚
月華冷霜華重鬢華斑也須念閒損雕鞍斜緘小字錦
江三十六鱗寒此情天闊正梅信笛裏關山

鳳栖梧

雲喚陰來鳩喚雨謝了江梅可踏江頭路擠却一番花
信阻不成日日春寒去　見説東風桃葉渡岸隔青山
依舊修眉嫵歸雁不如爭上柱一行常見相思苦

又題岩室

巖室歸來非待聘渺渺千崖漠漠江千頃明月清風休弄影只愁踏破蒼苔徑　摘取香芝醫鶴病正要臞仙相伴清閒性朝市不聞心耳靜一聲長嘯煙霞冷

又 湖頭即席長翁同賦

西子湖邊眉翠嫵魂冷孤山誰是風煙主相喚吟詩天欲雨嫩涼不隔鷗飛處　移下天孫雲錦渚翠蓋牽風綽約凌波女清約已成君記取月明夜半魚龍舞

賀新郎 賦梅

月冷霜袍擁見一枝年華又晚粉愁香凍雲隔溪橋人不度的皪春心未縱清影怕寒波揺動更沒纖毫塵俗態倚高情預得春風寵沉凍蝶掛么鳳　一盃正要吳姬捧想見郁柔酥弄白暗香偷送回首羅浮今在否寂寞煙迷翠壠人爭奈桓伊三弄開遍西湖春意爛算羣花正作江山夢吟思怯莫雲重

喜遷鶯 代人弔西湖歌者

歌音淒怨是幾度訴春春都不管感綠驚紅顰煙啼月

長是為春消黯玉骨瘦無一把粉淚愁多千點可憐損
任塵侵粉𧖴舞裛歌扇　轉盻塵夢斷峽裏雲歸空想
春風畫燕子樓空玉臺妝冷湖外翠峰眉淺綺陌斷魂
名在寶篋返魂香遠此情苦問落花流水何時重見

又　秋懷

涼雲歸去再約著晚來西樓風雨水靜簾陰鷗閒菰影
秋到露汀煙浦試省喚回幽恨盡是愁邊新句倦登眺
動悲涼還在殘蟬吟處　淒楚空見說香鎖霧扃心似

秋蓮苦寶瑟彈冰玉臺窺月淺淡可憐偷聚幾時翠溝題葉無復繡簾吹絮鬢華晚念庾郎情在風流誰與

菩薩蠻 春思

春風吹緑湖邊草春光依舊湖邊道玉勒錦障泥少年遊冶時 煙明花似繡且醉旗亭酒斜日照花西歸鴉花外啼

又 蘇堤芙蓉

紅雲半壓秋波碧豔粧泣露嬌啼色佳夢入仙城風流

石曼卿 宫袍呼醉醒休捲西風錦明日粉香殘六橋煙水寒

又 水晶膾

玉鱗熬出香凝軟幷刀斷處冰絲顫紅縷間堆盤輕明相映寒 纖柔分勸處膩滑難停筯一洗醉魂清眞成醒酒冰

又

玉欄秋色知誰主偶欄一架蒲萄雨緑鮮怕啼螿可堪

宮漏長　鳥絲吟古怨清淚消塵硯夢冷不成雲數峰
炯外青

又　中秋

何須急管吹雲暝高寒灩灩開金餅今夕不登樓一年
空過秋　桂花香霧冷梧葉西風影客醉倚河橋清光
愁玉簫

又　詠雙心水仙

雲嬌雲嫩羞相倚淩波笑酌春風醉的皪玉臺寒肯教

金戭單　只疑雙蝶夢翠袖和香擁香外有鴛鴦風流
煙水鄉

青玉案

平生似欠西湖債每捹了金貂解嫵媚煙雲多變態離
鞍來處畫船歸去花柳春風隘　玉京相接蓬壺界入
畫遥山翠分黛蘇小不來時節改一堤風月六橋煙水
鷺約鷗盟在

醉落魄

鈎簾翠溼寒江上雨晴風急亂峰低處明殘日雁字成行界破算天碧　故人天外長為客倚欄一望情何極新來得個歸消息去棹回舟數過幾千隻

夜合花

斑駁雲開濛鬆雨過海棠花外寒輕湖山翠暖東風正要新晴又喚醒舊遊情記年時今日清明隔花陰殘香隨笑語特地逢迎　人生好景難并依舊秋千巷陌花月蓬瀛春衫抖擻餘香半染芳塵念嫩約杳難憑被幾

聲啼鳥驚心一庭芳草危欄晚日無限消凝

花心動 梅意

碧蘚封枝點寒英疎疎玉清冰溼夢憶舊家春與新恩曾映壽陽妝額綠魂青袂南隣伴應恠我精神都別恨衰晚春風意思頓成羞怯　猶念橫斜性格惱和靖吟魂自來清絶斜傍勁松偷倚修篁總是歲寒相識綠陰結子當時意到如今芳心銷歇小橋夜清愁倦陪澹月

昭君怨 題春波獨載圖

一棹莫愁煙艇飛破玉壺清影水濺粉消寒緲雲鬟
不肯凌波微步却載春愁歸去風澹楚魂驚隔瑶京

杏花天 春愁

霽煙消處寒猶嫩乍門巷愔愔晝永池塘芳草魂初醒
秀句吟春未穩 仙源阻春風瘦損又燕子來無芳信
小桃也自知人恨滿面羞紅難問

又

遠山學得脩眉翠看眉展春愁無際雨痕半溼東風外

不管梨花有淚　西園路青鞵暗記怕行入秋千徑裏

一春多少相思意説與新來燕子

又題杏花春禽扇面挂軸

花凝露溼胭脂透是絲筆丹青染就粉綃帕入班姬手

舒卷清寒時候　春禽靜來窺晴晝閒冷落芳心知否

不愁院宇東風驟日日嬌紅如舊

又杏花

玉壇消息春寒淺露紅玉嬌生靚豔小怜鬢溼胭脂染

只隔粉墻相見　花陰外故宫夢遠想未識鶯鶯燕燕
飄零翠徑紅千點桃李春風巳晚

祝英臺近荷花

擁紅妝翻翠葢花影暗南浦波面澄霞蘭艇採香去有
人水濺紅裠相招晚醉正月上凉生風露　兩凝佇别
後歌斷雲間嬌姿黯無語魂夢西風端的此心苦遥想
芳臉輕顰凌波微步鎮輸與沙邊鷗鷺

又閨思

一窓閑孤爐冷獨自箇春睡繡被熏香不似舊風味静聽滴滴簷聲驚愁攪夢更不管庾郎心醉　念芳意一併十日春寒梅花煞儧顰嫩做新詞春在可憐裏幾時挑菜踏青雲沉雨斷盡分付楚天之外

江城子代作

緑叢籬菊點嬌黄過重陽轉愁傷風急天高歸鴈不成行此去郎邊知近遠秋水闊碧天長　郎心如妾妾如郎兩離腸一思量春到春愁秋色亦凄凉近得新詞知有

怨妾無訴泣蘭房

生查子詠片

野泉春吐芽泥溼隨飛燕碧澗一盃羹夜韭無人剪玉釵和露香鵝管隨春軟野意重慇懃持以君王獻

又

芙蓉羞粉香倚竹窺煙霽眼帶楚波寒骨豔春風醉誰傳側帽情想解遺鞭意紅葉可憐秋不寄相思字

又史輔之席上歌者贈雲頭香乞詞

蓬萊一捻雲微骨龍涎染風味韻而芳笑語柔而婉
花嬌緑鬢寒酒凝清歌怨翠幄巳煙穠銀燭重休剪

又 木香

春籠雲潤香露溼青蛟瘦偷學漢宮粧舞徹霓裳後
酥胸紫領巾冰剪柔荑手有意入羅囊不肯成春酒

又

飛花澹澹風被暝疎疎雨香潤玉堦塵翠溼紗窻霧
鈿箏離雁行寶篋留釵股惟有鳳樓魂夜夜江南路

又次梅韵

香驚楚驛寒瘦倚湘筠篴一笛已黄昏片月尤清楚

沉沉冰玉魂漠漠煙雲浦酸淚不成彈又向春心聚

解連環 柳

露條煙葉惹長亭舊恨幾番風月愛細縷先窣輕黄漸

拂水藏鴉翠陰相接纖軟風流眉黛淺三眠初歇奈年

華又晚縈絆遊蜂絮飛晴雪 依依灞橋怨别正千絲

萬緒難禁愁絶悵歲久應長新條念曾繫花驄屢停蘭

檝弄影搖晴恨閒損春風時節隔鄞亭故人望斷舞腰

瘦怯

又 春水

浪摇新緑漫芳洲翠渚雨痕初足蕩霽色流入横塘看

風外漪漪皺紋如縠藻荇縈廻似留戀鴛飛鷗浴愛嬌

雲醮色媚日挼藍遠迷心目 仙源漾舟岸曲照芳容

幾樹香浮紅玉記郎回西洛橋邊濺裛翠傳情玉纖輕

掬三十六陂錦鱗渺芳音難續隔垂楊故人望斷漫愁

千斛

燭影揺紅

别浦潮平遠村帆落煙江冷征鴻相喚著行飛不耐霜風緊雲意垂垂未定正慘慘雲横疎影酒醒情緒日晚登臨淒涼誰問　行樂京華軟紅不斷香塵噴試將心事卜歸期終是無憑準寥落年華將盡誤玉人高樓凝第一休負西子湖邊江梅春信

憶秦娥

棲烏驚隔窻月色寒於冰寒於冰簷移梅影冷印疎櫺

幽香未覺魂先清無端勾起相思情相思情惱人無

睡直到天明

又 舟中書事

歌聲闌蘭舟只隔芙蓉灣芙蓉灣扇搖波影風捲雲鬟

餘音嫋嫋留歡雙鴛飛處傳情難傳情難曲終人

去愁寄湖山

清平樂 秋葉

盤枝剪翠葉葉西風意吹上玉人雲鬟鬢底無限新涼氣味　飄蕭露捲煙柔絶憐不逐宮流寄語多情宋玉悲秋得似宜秋

又

春深雨溼燕子低飛急雲壓前山羣翠失煙水滿湖輕碧　小蓮相見灣頭清寒不到青樓請上琵琶絃索令朝破得春愁

更漏子

玉簫閒清韻咽人倚畫欄愁絶雲惱月月羞雲半溪梅影昏　恨春風蕭散後夜夜數殘更漏情悄悄思依依天寒一雁飛

東風第一枝 為梅溪壽

玉潔生英冰清孕秀一枝天地春早素盟江國芳寒舊約漢宫夢曉溪橋獨步看灑落仙人風表似妙句何遜揚州最惜細吟清峭　香暗度照影波渺春暗寄付情雲杳愛隨青女橫陳更憐素娥窈窕調羹雅意好贊助

清時廊廟羨韵高只有松筠共結歲寒難老

又 壬戌立春日訪梅溪雨中同賦

燒色回清冰痕綻白嬌雲先釀酥雨縱寒不壓葭塵應時已鞭黛土東君入夜怕預惱詩邊心緒意轉新無奈吟魂醉裏已題春句　香夢醒幾花暗吐緑睡起幾絲偷舞酒醅清惜重斟菜甲嫩憐細縷玉纖緑勝願歲歲春風相遇要等得明日新晴第一待尋芳去

山花子

娟娟天風響珮環鵲橋有女夜棄鸞也恨別多相見少似人間　銀浦無聲雲路渺金風有信玉機閒生怕河梁分袂處曉光寒

浣溪沙

遮坐銀屏度水沉障風羅幙皺沉金日遲宮院靜愔愔　繁杏半窺紅日薄小憐低唱緑窓深試拈犀管寫春心

又

魂是湘雲骨是蘭春風冰玉注芳顏誰招仙子在人間

濺水裊兒香霧皺唾花衫子碧雲寒洞簫聲絶却驂

鸞

又

偷得韓香惜未燒吹簫人在月明橋草芳似待玉驄驕

吹絮繡簾春澹澹隅香羅帳夜迢迢楚魂須著楚詞

招

又

雲外峰巒翠欲埋雨沾黄葉溼青鞋小驚春色入寒荄風月愁新空雁字神仙夢冷憶鸞釵凄凉不是好情懷

又 題湖樓壁

一色煙雲澹不消兩峰眉黛為誰嬌春寒猶占木蘭橈燕子似甘愁寂寞海棠未肯醉妖嬈小園嫩約尚蕭條

蘭陵王 為十年故人作

鳳簫咽花底寒輕夜月蘭堂靜香霧翠深曾與瑶姬恨輕别羅巾淚暗疊情人歌聲怨切慇勤意欲去又留梛色和秋為重折　十年迴凄絶念髻怯瑶簪衣腿香空雙鱗不度煙江闊自春來人見水邊花外羞倚東風翠袖怯正愁恨時節　南陌阻金勒甚望斷青禽難倩紅葉春愁欲解丁香結整新歡羅帶舊香宫篋凄凉風景待見了更何説

又春雨

洒塵闌冪冪天垂似幕春寒峭吹斷萬絲溼影和煙暗

簾箔清愁曉來覺佳景悄悄過郤芳郊外鶯恨燕愁不

管秋千冷紅索　行雲楚臺約念今古凝情朝朝暮暮如昨

啼紅溼翠春情薄謾一犂江上半篙堤外勾引輕陰趁

暮角正孤緒寂寞　斑駁止還作聽點點簷聲沉沉春

酌只愁入夜東風惡怕催教花放趁將花落溟濛煙草

夢正遠恨怎托

水龍吟　雲意

舊家心緒如雲乍舒乍卷初無定西郊載雨東城隅霧還開晴景愛惱花陰喜移月地朦朧清影任無心有意溶溶曳曳蕭散處有誰問　朝莫如今難准枉教他慣春人恨遠峰依舊前蹤何在有時愁凝此興飄然不妨吹斷一川輕暝待良宵再入高唐夢裏覓巫陽信

又為放翁壽

道山玉府眞仙去年再履論思地西清禁域香淙名重年高身退玉振金聲水增川湧德兼才貴愛知章引去

安單穩駕軒冕付談笑外　蘭玉孫枝競秀奉親歡萊衣同戲蓬萊東接苧蘿西顧三山聳翠賜杖清朝命堂綠野放懷高致似太公衛公入相為蒼生起

又　為夢菴壽

夜來曾跨青虬海風嫋嫋吹襟袖蓬萊誤入羣仙爭問劉郎安否玉麈冰壺日庭星角孕成奇秀看丹分寶鼎籙傳祕篋聞重寄長生酒　歸夢驚回晚漏正長庚輝纏南斗祥開華旦菊香秋杪棖黃霜後筆掃龍蛇句裁

螭錦俊才誰右看功勛繡衮家聲再振數千齡壽

聲聲慢 元夕

壺天不夜寶炬生香光風蕩摇金碧月灩水痕花外峭寒無力歌傳翠簾盡捲誤驚回瑤臺仙跡禁漏促拚千金一刻未酬佳夕　捲地香塵不斷最得意輸他五陵狂客楚柳吳梅無限眼邊春色鮫綃暗中寄與待重尋行雲消息乍醉醒怕南樓吹斷曉笛

隔浦蓮 七夕

銀灣初霽萆雨鵲赴秋期去殘月窺清夜凉生一天風露纖巧雲暗度河橋路縹緲弃鸞女正容與　西廂舊約玉嬌誰見私語柔情不盡好似冰綃雲縷回首天涯又怨阻無語西風魂斷機杼

思佳客　秋扇

入手西風意已羞不須玉斧為重修撲螢凉夜沉沉月障面清歌澹澹秋　休棄置且遲留可憐又向篋中收莫教暗損弃鸞女漢殿凄凉萬古愁

又題太真出浴圖

寫出梨花雨後情凝脂洗盡見天眞春從翠髻堆邊見

嬌自紅綃脫處生　天寶夢馬嵬塵斷魂無復到華清

恰如佇立東風裏猶聽霓裳羯鼓聲

又

有約湖山却解襟晝眠占得一庭深樹邊風色寒滋味

愁裏年華雁信音　驚楚夢聽瑶琴黄花尚可伴孤斟

斷雲萬一成踈雨却向湖邊看晚陰

又

剪翠衫兒穩四停最憐一曲鳳清吟同心羅帕輕藏素合字香囊半影金　春思俏晝窻深誰能拘束少年心鶯來鶯碎風流膽踏動櫻桃葉底鈴

又　立秋前一日西湖

不肯樓邊看畫船載將詩酒入風煙浪花濺白疑飛鷺荷芰藏紅似小蓮　醒醉夢喚吟仙先秋一葉莫驚蟬白雲鄉裏温柔遠結得清凉世界緣

又中秋後一日借月意

白玉樓臺知幾重夜來望斷廣寒宫一分乍闕嬋娟影二八尤宜冰雪容　雲鬟露玉釵風水晶簾幙正玲瓏慇勤再為天香醉可惜清光付曉鐘

永遇樂 次韻弔青樓

淺暈修蛾脆痕紅粉猶記窺戸香斷奩空塵生砌冷誰喚青鸞舞春風花信秋宵月約歷歷此心曾許御芳恨千年怨結玉骨未應成土　木蘭艇子莫愁何在謾繫

寒江煙樹事逐雲沉情隨佩冷短夢分今古一盃遥夜孤光難曉多少碎人腸處空凄黯西風細雨盡吹淚去

玲瓏四犯

水外輕陰做弄得飛雲吹斷晴絮駐馬橋西還繫舊時芳樹不見翠陌尋春問著小桃無語恨燕鶯不識閒情却隅亂紅飛去　少年曾失春風意到如今怨恨難訴魂驚苒苒江南遠煙草愁如許此意待寫翠牋奈斷腸都無新句問甚時舞鳳歌鸞花裏再看仙侶

御街行

香波半窣深深院正日上花陰淺青絲不動玉鈎閒看翠額輕籠蒽蒨鶯聲似隔篆煙微度愛横影參差滿郵回低挂朱欄畔念悶損無人捲窺春偷倚不勝情彷彿見如花嬌面纖柔緩揭瞥然飛去不似春風燕

又賦橋

藤筠巧織花紋細稱穩步如流水踏青陌上雨初晴嫌怕溼文鴛雙履要人送上逢花須住纔過處香風起

褭兒挂在簾兒低更不把窓兒閉紅紅白白簇花枝恰稱得尋春芳意歸來時晚紗籠引道扶下人微醉

霜天曉角 春情

春雲粉色春水和雲溼試問西湖楊柳東風外幾絲碧望極連翠陌蘭橈雙槳急欲訪莫愁何處旗亭在畫橋側

又

爐煙浥溼花露蒸沉液不用寶釵翻炷閒窓下嫋輕碧

醉拍羅袖惜春風偷染得占取風流聲價韓郎是舊
相識
又九日蘇堤
霜清水碧冷浸紅雲溼休說季倫錦帳山南岸更花密
露滴空翠冪雨峰開霽色不為穠粧一醉西風帽為
誰側
眼兒媚
輕雲終被斷雲留不肯放春愁翠樓舊倚粉墻重見歌

酒風流　今朝畢竟吟情澹芳意未全酬東風向晚鶯花有意吹轉船頭

卜算子　泛西湖坐間寅簽同賦花菴作春晚

屈指數春來彈指驚春去檐外蛛絲網落花也要留春住幾日喜春晴幾夜愁春雨十二雕窓六曲屏題遍傷春句

西江月

小舫半簾山色斷橋兩岸秋陰芙蓉消息已愁深紅染

雲機翠錦　幾度煙波芖酌半生風月關心飛來鷗鷺是知因一笑歌邊醉醒

點絳唇

天外青鸞幾時常向人間住斷歌零舞月上欄陰葺顲頏潘郎不解為花主知何處夢雲愁雨怕向西樓去

又

釣月蓬閒載詩却向旗亭醉翠蒲陰外莫放雙鷗起水佩仙裳洒落煙雲意來相試玉綃新製要寫蓬壺記

踏莎行 九日西山

水減堤痕秋生屐齒瘦笻喚起登高意翠微煙冷蓼淒涼黄花香晚人顦顇 懷古風流悲秋情味紫萸勸入旗亭醉玉人相見説新愁可憐又溼西風淚

又

花染煙香柳揺風翠春工寫出清明意翠灣還趁畫船開粉墻到處驕驄繫 歌喚紅裙酒招青旆吟情又許春風醉何妨日日爛芳遊今宵先向西城睡

戀繡衾

碧梧偷戀小窻陰恨芭蕉不展寸心暗語近陽臺遠柰秋宵砧斷漏沉　月明欲教吹簫去隅驂鸞空留怨音從此是天涯阻這一場愁夢更深

風入松 春晴

捲簾日日恨春陰寒食新晴馬蹄只因南山去長橋愛花柳多情紅外風嬌日暎翠邊水秀山明　杜郎歌酒過平生到處蓬瀛醉魂不入重城晚穠歡寄桃葉桃根

繡被嫩寒清曉鶯聲喚醒春酲

又 聞鄰女吹笛

粉嬌曾隔翠簾看橫玉聲寒夜深不管柔荑冷櫻朱度香噴雲鬟霜月揺揺吹落梅花簌簌驚殘 蕭郎且放鳳簫閒何處驂鸞靜聽三弄霓裳罷魂飛斷愁裏關山三十六宮天近念奴却在人間

南鄉子 賦十四絃

直柱倚冰絃曾見蕃兒馬上彈却笑琵琶風韻古濺濺

想像湘妃水一簾　塞恨曲中傳搯琴絲費玉纖不似江南風月好厭厭拍手齊看舞袖邊

洞仙歌　題眞

輕痕淺暈偷染春風面恰似西施影兒現擬新粧臨鑑一段天眞閒態度長恁香嬌玉軟　從今懐袖裏不暫相離似笑如顰在舒卷願芳容不老只似如今嬌不語無奈情深意遠便雨隔雲疎暫分攜也時展丹青見伊一見

柳梢青 柳

翠拂晴波煙埀古岸灞橋春色斜帶鴉啼亂縈鶯夢愁絲如織 為憐張緒風流正瘦損宫腰褪碧綻綰同心留連不住天涯行客

少年遊 草

春風吹碧春雲映緑曉夢入芳煙軟襯飛花遠連流水一望隔香塵 萋萋多少江南舊恨翻憶翠羅裠冷落閒門凄迷古道煙雨正愁人

訴衷情

西樓楊柳未勝煙寒峭落梅天東風渡頭波晚一棹木蘭舩　花態度酒因緣足春憐屏開山翠雨怯雲嬌畫付愁邊

夜行船

剪水天風吹醉醒高樓外凍雲愁凝袖口香寒歌喉春㬮不管鴈邊寒緊　瓊屑瑶花飛碎影應須待玉田千頃小約梅英教吟柳絮春在繡紅鴛錦

滿江紅

擊碎空明滄浪晚棹歌飛入西山外紫霞吹斷赤塵無迹飛上冰輪涼世界喚回天籟清肌骨看驪珠影墮冷光斜蛟龍窟　長嘯外綸巾側輕露下纖絺溼聽洞簫聲在臥虬陰北千萬江妃留醉夢二三沙鳥驚吟魄任天河落盡玉盃空東方白

酬江月　靈巖弔古

萬巖靈秀拱崇臺飛觀憑陵千尺清磬一聲簾幕冷無

復宮娃消息響屧廊空採香徑古塵土成遺跡石闌松老斷雲空鎖愁寂　專寵誰比輕顰楚腰吳豔一笑無顔色風月淒涼羅綺夢輸與扁舟歸客舞闋歌殘國傾人去青草埋香骨五湖波淼遠空依舊涵碧

謁金門

煙墅暝隔斷仙源芳徑雨歇花梢魂未醒濕紅如有恨別後香車誰整怪得畫橋春靜碧漲平湖三十頃歸雲何處問

留春令 淮南道中

斷霞低映小橋流水一川平遠柳影人家起炊煙髣髴似江南岸 馬上東風吹醉面問此情誰管花裏清歌酒邊情又何日重相見

又

粉綃輕試緑㠋微褪吳姬嬌小一點清香著芳魂便添起春懐抱 玉臉窺人舒淺笑寄此情天渺酒醒羅浮角聲寒正月挂南枝曉

又

玉清冰瘦洗妝初見春風頭面等得黄昏月溪寒愛顧影臨清淺　歷盡冰霜空羞怨怨粉香消滅江北江南舊情多奈笛裏關山遠

又

玉妃春醉夜寒吹墮江南風月一自情留館娃宫在竹外尤清絶　貪睡開遲風韻别向杏花休説角冷黄昏豔歌殘怕驚落胭脂雪

太常引

玉肌輕襯碧霞衣似爭駕翠鸞飛羞問武陵溪笑女伴東風醉時不飄紅雨不貪青子冷淡却相宜春晚湧金池問一片將愁寄誰

浪淘沙杜鵑花

啼魄一天涯怨入芳華可憐零血染煙霞記得西風秋露冷曾浼司花　明月滿窻紗倦客思家故宮春事與愁賒冉冉斷魂招不得翠冷紅斜

意難忘 代贈

仙子奇容，是名花第一，美占春風。煙香籠淺暈，露靚浥芳紅。憐舞燕，惜驚鴻，想獨步吳宮。料認得，嬌雲媚雨，來自巫峰。

風流正與歡濃，羨高樓並倚，曲影欄東。燭搖留醉枕，塵墜戀歌鍾。三弄笛，五花驄，莫行樂匆匆。但看天長地久，笑語相逢。

雨中花慢

旆拂西風，客應漢星，行參玉節征鞍。緩帶輕裘，爭看盛世衣冠吟倦西湖風月去看北塞關山過離宫禾黍故壘煙塵有淚應彈　文章俊偉頴露囊鋒㠕動萬里呼韓知素有平戎手段小試何難情寄吳梅香冷夢隨隴雁霜寒立勛未晚歸來依舊酒社詩壇

八歸　重陽前一日懷梅溪

楚峯翠冷吳波烟遠吹袂萬里西風關河迥隔新愁外遥憐倦客音塵未見征鴻雨帽風巾歸夢杳想吟思吹入飛蓬料恨滿幽苑離宫正愁黯文通　秋濃新霜初

試重陽催近醉紅偷染江楓瘦筇相伴舊遊回首吹帽
知與誰同想萸囊酒醆暫時冷落菊花叢兩凝佇壯懷
立盡微雲斜照中

瑞鶴仙 筇枝

一枝蒼玉冷受露節霜根從他孤勁提攜遠塵境自清
癯骨力歲寒心性登臨助興甚偏與芒鞵相稱笑葛洪
陂外騰飛渺渺水閒煙迥 尋勝撥開林影斷破苔痕
緩支幽徑分雲度嶺待隨處問梅信任香挑村醑寒抱

夜月識盡江山好景扣禪關拗折歸來萬緣自靜

賓王詞草堂集不多選選入如玉蝴蝶坊刻竟逸去又如杏花天思佳客諸作混入他人先輩多拈出以慨時本之誤陳造序云高竹屋與史梅溪皆周秦之詞所作要是不經人道語其妙處少游美成亦未及也湖南毛晉識

竹屋癡語